U0137969

初次刊载：文学界一九四二年二月号

中岛敦

明治四十二年（一九〇九年）出生于东京。东京帝国大学毕业后从事教员工作，后又转至帕劳南洋厅工作并在此期间进行创作。因患有哮喘病，年仅三十三岁便病逝。代表作有山月记和光·风·梦以及李陵等作品。

绘·猫助（ねこ助）

插图画家，出生于日本鸟取县。为书籍的装帧、游戏、CD封面设计插图。著作有红蜻蜓（新美南吉＋猫助）、Soirée猫助作品集等。

　　李徵，陇西[1]人氏，博学多才之士。天宝[2]末年，少年时的李徵便已荣登虎榜，后来官至江南校尉。因其性狷介，自视甚高，不甘身居贱吏之位，不久便辞去官职，归乡虢略[3]，闭门谢客，浸淫诗作。自以为与其以贱吏之姿在庸俗的高官面前卑躬屈膝，不如成为一代诗词大家，死后便可流芳百世。然而，借诗文扬名绝非易事，尚未扬名，生计已日渐窘迫。李徵逐渐焦躁不安。

1　今甘肃省东南部、定西市中部一带。

2　742 年正月—756 年七月，唐玄宗李隆基的年号。

3　虢，周代诸侯国名。有东虢（今河南省郑州市西北）、西虢（今陕西省宝鸡市陈仓区东，后迁到今河南省三门峡市陕州区东南）之分。根据日本岩波文库的注解，这里的虢略指的是虢州，即今河南省西部三门峡市灵宝市。

从那时起，他的容貌日渐憔悴，瘦骨嶙峋，唯独双眸依旧炯炯有神。李徵本是个美少年，在进士及第时还曾面若满月，然而那份神采如今早已荡然无存。数年后，因不堪忍受贫穷之苦，为妻儿衣食生计所迫，他只得委曲求全，再度东下，屈身一方小吏。另一方面，也是出于他对自己在诗词创作上的绝望。曾经的同辈，如今早已身居高位，而他却不得不向那些自己从未放在眼里的愚钝之辈俯首帖耳。不难想象，昔日的隽才李徵，他的自尊心受到了多大的伤害。他终日怏怏不乐，狂悖之性愈发难以控制。

一年后，他因公出游，借宿至汝水[1]之畔时，终于发狂。某个深夜，他脸色突变，从床上一跃而下，口中不知叫喊些什么，冲入黑夜，再没有回来。人们搜遍附近的山野，却丝毫不见踪迹。自那以后，再也没有人知道李徵的下落。

1　今河南北汝河。

　　翌年，陈郡[1]出身的监察御史袁傪[2]，奉敕命出使岭南，途中寄宿商於[3]之地。次日凌晨，天色未明，袁傪便欲启程。驿卒遂劝之曰："前路有虎，以人为食，若非白日，行路旅人断不敢行走。如今天色尚早，不妨再稍候片刻。"然而，袁傪自恃随从众多，将驿卒训斥一番后便出发了。

1　今河南省周口市附近。

2　唐代诗人，生卒不详。代表作有《喜陆侍御破石堼草寇东峰亭赋诗》。

3　今河南省淅川县西南。

一行人借助残月的微光，穿行于林间。就在此时，果真有一头猛虎从草丛中跃出，眼看就要扑向袁傪，却又忽然转身，躲进了草丛之中。只听草丛中有人言传出，不断地喃喃自语："方才真是好险！"袁傪觉得耳熟，虽说他尚处于惊恐之中，但瞬间便回想了起来。"此声，莫不是吾友李徵？"袁傪与李徵同年进士及第，李徵的朋友很少，袁傪算是他最要好的朋友。袁傪性格温和，或许正因如此，才能够与性情冷酷无情的李徵不曾发生冲突。

　　草丛中一时没了回应，时不时地传来微弱的哭泣声。过了片刻，只听得一声低语："在下正是陇西李徵。"

袁傪忘记了恐惧，纵身下马走近草丛。"久违了。"他用怀念的语气问候道，"为何不走出草丛相见？"

　　李徵回答："如今我已成异类，既然如此，又怎能恬不知耻地在故人面前展露这凄惨的模样呢？况且，若我以此等姿态现身，必然会引起你对我的恐惧与厌恶。不过，今日能与故人不期而遇，实属亲切，以至于忘记那羞耻之情。若你不嫌弃我如今此等丑陋的样貌，就请和曾经的故友李徵叙叙旧可好？"

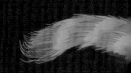

　　事后回想起来，此事确实不可思议，但那时，袁傪却非常从容地接受了这个超出自然常识的怪异现象，且丝毫不感到奇怪。他命令部下停止前行，自己站在草丛旁，与看不见的声音聊了起来。所聊内容有京城的传闻、旧友的消息、袁傪如今的地位以及李徵对袁傪的祝贺。他们以老友之间聊天的口吻交谈着，言语间没有丝毫隔阂。在讲完这些后，袁傪向李徵问起，他为何会变成如今这番模样？

　　只听草丛里的那个声音如此说道："距今大约一年前，我因公出游，夜宿汝水之畔。一觉醒来，忽然听得声响，不知是谁在门外呼喊我的名字。我应声出门，只听那个声音自黑暗中召唤我。我不由自主地顺着那个声音跑了出去，好似进入忘我之境，不知不觉间便闯入了山林。而且不知从何时起，我竟用手撑着地面奔跑，身体像是充满了力量，只要轻轻一跃，便能跃过岩石。当我清醒后，我的指尖和臂肘竟都生出了绒毛。"

"待到天色稍明，我来到溪流边看着自己的样子，发现我变成了一只老虎。起初我并不相信自己的眼睛，以为这一定是场梦。因为我以前也曾经历过知道自己身在梦中的梦。可当我发觉这并非梦境时，我茫然了，随之而来的是恐惧。我不明白为何会发生这种事。其实很多事，我们都无从知晓。在毫不知情的情况下，我们被迫接受它们，就这样不知就里地活了下去。或许这便是吾辈的宿命吧。我立刻想到了死。可就在这时，一只兔子从我眼前跑过。一见此物，我体内的'人性'便骤然消失得无影无踪。当我的'人性'再度苏醒时，我的嘴上已沾满兔血，身边尽是散落的兔毛。"

"这便是我化身成虎后最初的经历。"

"从那以后，关于我的所作所为，我实在不忍提起。不过，我每日必有数个时辰会保持心智。在这段时间里，我能与往常一样，说人言，思考复杂之事，甚至还能背诵经书中的章句。当我以此等人心检视自己化身老虎后的残虐行径，回想自身命运之时，越发觉得可悲、恐惧、愤恨。然而，我恢复人性的时间日渐缩短。从前，我还曾诧异为何自己会化身成虎。可最近我逐渐发现，我竟然在思考以前自己为何是人类。"

"这着实令人感到恐惧。恐怕再过些时日，我体内的那颗人心便会习惯这兽性，最终被其吞噬。就像古老宫殿的基石逐渐被尘土埋没一般。如此，我将会忘记过去种种，以虎之身躯疯狂奔走。纵使像今日这样与你相遇，亦不会识得故人，即便将你撕裂吞食，也不会感到丝毫悔意吧。"

"人也好，兽也罢，原本究竟是何物呢？起初尚能记得些许，后来逐渐忘却，最后认为自己起初便是此番模样吧。不过，这些已然不重要了。若我心中的人性彻底消失，或许我反而能获得幸福了。可是，我体内残存的人性却将此事视为无上的恐惧。啊，一想到我将忘记自己曾是人类，我就感到万分恐惧、哀伤、痛苦。如此心情，无人能懂，除非那人和我有着相同的遭遇。对了，在我尚未彻底丧失人性之前，我有一事相求。"

袁惨一行人屏住呼吸，倾听着从草丛中传来的声音，讲述着不可思议之事。那声音继续说道：

"我所求非他。我本欲以诗人这一身份成名，可到头来其业未成，反遭受此等命运。我曾作诗百首，尚未流传于世。至于那遗稿，估计也早已无从所寻。不过其中有数十篇诗文，我尚能记诵，还望你代我记录下来。当然，我绝非想借此装什么诗人面孔。暂且不论诗作的好坏，诗词创作是我毕生的追求，我为此倾尽所有，心神迷狂。一部分也好，如果不能将我一生执着之物流传后世，我死不瞑目。"

袁傪命部下取来笔墨，随草丛中的声音逐句记录下来。草丛中传来李徵清晰响亮的吟诵声。长短诗词约三十篇，格调高雅、意趣卓越，凡阅读之人皆可看出创作者非凡的才能。可袁傪在感叹之余又隐约觉得稍显不足。毫无疑问，李徵的资质当属一流，可他的诗词距离真正优秀的作品，在某些地方（某个非常微妙的地方）还欠缺了点什么。

背诵完旧作后，李徵语调一变，自嘲般地说道：

"说来惭愧，虽说如今我变成了这番悲惨的模样，但我依旧能梦见自己的诗集被放置在长安城内那些风流人士的案牍之上的场景。这还是我卧于洞穴时所梦。想笑就笑吧，尽情嘲笑我这个没有成为诗人反倒变成老虎的可怜虫吧（袁傪伤感地听着李徵的话，忽然想起他从年轻时起就常常自嘲）。对了，我何不即兴赋诗一首，来博君一笑呢？借此证明，在此等虎躯之内，尚存昔日李徵之魂。"

袁傪又命随行小吏执笔记录。其诗云：

偶因狂疾成殊类，灾患相仍不可逃。

今日爪牙谁敢敌，当时声迹共相高。

我为异物蓬茅下，君已乘轺气势豪。

此夕溪山对明月，不成长啸但成嗥。

此刻，残月光寒，白露遍地，冷风穿梭于树林之间，宣告着拂晓将至。众人早已忘记此等荒诞离奇之事，无不屏息凝神，感叹着这位诗人的不幸。李徵的声音再度响起：

"方才我也曾言道，不知自己为何会遭此不幸，但转念一想，也并非毫无头绪。在我尚为人时，总是尽可能避免与人交往。世人总以为我倨傲、妄自尊大，但是他们并不知道，实际上是一种近似于羞耻心的东西在作怪。当然，曾被誉为乡党鬼才的我绝非没有自尊心。只不过，这种自尊心无疑是怯懦的自尊心。我想借诗成名，却没有为此寻师访友，切磋琢磨。与此同时，我又不屑与凡夫俗子为伍。这都是我怯懦的自尊心与自大的羞耻心在作怪。"

"我生怕自己并非美玉，故而不敢加以刻苦琢磨，却又对自己是块美玉半信半疑，故而不肯庸庸碌碌，与瓦砾为伍。于是我逐渐远离尘世，与人疏远，到头来竟让胸中愤懑与羞恨之情饲养着那怯懦的自尊心。其实，世人皆可成为驯兽师，而所谓野兽，不过是每个人不同的性情罢了。对我而言，那妄自尊大的羞耻心便是猛兽，便是这只老虎。"

"它毁了我,害苦了我的妻儿,伤害了我的朋友。末了,变成这番模样,倒是和我内心所想相称了。如今想来,我甚至将自己仅剩的那点才华也都白白浪费了。我时常将'生而无为嫌命长,生而有为嫌命短'挂在嘴边,事实上我所拥有的,不过是害怕暴露自身才能不足而产生的卑怯、恐惧以及厌恶刻苦钻研学问的懒惰罢了。"

"那些才华远逊于我，却潜心钻研、磨砺精进从而成为一代诗人之辈不知凡几。直至化身成虎的今日，我才逐渐明白过来。每每想起，便心似火燎，追悔不已。如今，我已无法再过人类的生活。即便我能在脑海中吟出多么出色的作品，又能以何等手段将其公之于世呢？更何况，我的头脑日益趋近猛虎。这到底该如何是好呢？那被我虚掷的光阴啊！"

"每念及此，唯有登上对面山顶的岩石，面对空谷怒吼。我太想找人诉说这份撕心裂肺的悲痛了。昨晚，我也曾在此对月咆哮，希望有谁能理解我心中的苦痛。然而百兽听闻，皆惶恐不已，无不伏地以拜。纵是那山、树、月、露，也只以为有一只老虎在狂啸罢了。即便我呼天抢地，悲叹连连，也无人能懂我的心情。正如我尚为人时，无人知晓我易受伤的内心一般。濡湿这身老虎皮毛的，岂止是夜间浓露？"

四周的黑暗渐渐褪去。山林间，不知从何处传来了报晓的号角声，其音听来，甚是哀愁。

　　"已是不得不道别的时候了，大醉之时（化身为虎之时）将至。"李徵如此说道，"临别之际，我还有一事相求。是我妻儿之事。他们尚在虢略，定不知晓我如今的命运。待你南归，请告知他们我人已去，断然不可提及今日之事。此等要求着实有些厚颜无耻，但你若可怜他们孤苦伶仃，施以援手，使之免遭饥冻之苦，便是对我莫大的恩泽了。"

　　说罢，草丛中传来一阵恸哭。袁傪也满目泪水，欣然答允了李徵的请求。随后，李徵的声音又忽然变回了先前那种自嘲的口吻。

"按理说，倘若我还是一个人，方才应该先拜托此事。比起饱受饥寒之苦的妻儿，我竟然更关心自己那不值一提的诗作。或许正因为我是这样一个男人，才沦落到如此地步吧。"

　　随后他又补充道："你从岭南回来时，万万不可再行此路。因为那时我或许已迷失本性，不识故友，加以袭击。此外，在此分别后，请移步至百步外的山丘之上，届时回首观望此地，我会为你一显我如今的模样。此举绝非彰显勇猛，而是以示其丑陋之姿，使你断了那与我再见的想法。"

袁偢面向草丛诚恳地致以告别词后，便纵身上马。草丛中再度传来难以抑制的悲鸣。袁偢几度回首，洒泪启程。

一行人登上山丘，依照李徵所言，回首眺望林间的草地。只见一头猛虎，忽地自草丛中一跃而出，跳上大道，遥遥望向众人。随后，那头猛虎仰望着银光散尽的残月，在发出两三声咆哮后，又跃入草丛，再也不见其踪影。

文豪绘本

樱花凋落，每到叶樱时节，我就会想起——

《叶樱与魔笛》

[日] 太宰治 著　　[日] 纱久乐佐和 绘

岛根县的某个小镇上，
住着一对姐妹。
患病的妹妹藏着一个秘密。

我宁肯在还是少女的时候死去。

《女生徒》

[日] 太宰治 著　　[日] 今井绮罗 绘

一位居住在东京的少女，
一天之内的所作所为、所思所想。

"你为了什么而活？"

《鱼服记》

[日] 太宰治 著　　[日] 猫助 绘

有一座地图上都不曾标记的小山，
山脚处有一个村庄。
烧炭家的女儿思华，
和父亲两个人一起生活。

图书在版编目（CIP）数据

文豪绘本.花之卷.山月记 / (日)中岛敦著 ;(日)猫助绘 ; 温雪亮译 . -- 北京 : 台海出版社，
2023.7
ISBN 978-7-5168-3587-6

Ⅰ.①文… Ⅱ.①中…②猫…③温… Ⅲ.①短篇小说 – 日本 – 现代 Ⅳ.①I14

中国国家版本馆 CIP 数据核字 (2023) 第 115197 号

文豪绘本 . 花之卷 . 山月记

著　者：[日]中岛敦	译　者：温雪亮

出版人：蔡　旭	封面绘制：[日]猫助
责任编辑：员晓博	封面设计：纽唯迪设计工作室

出版发行：台海出版社

地　　址：北京市东城区景山东街 20 号　　邮政编码：100009

电　　话：010-64041652（发行、邮购）

传　　真：010-84045799（总编室）

网　　址：www.taimeng.org.cn/thcbs/default.htm

E – mail：thcbs@126.com

经　　销：全国各地新华书店

印　　刷：北京盛通印刷股份有限公司

本书如有破损、缺页、装订错误，请与本社联系调换

开　　本：880 毫米 ×1230 毫米　　　　1/24

字　　数：28 千字　　　　　　　　　印　　张：2.25

版　　次：2023 年 7 月第 1 版　　　　印　　次：2023 年 11 月第 1 次印刷

书　　号：ISBN 978-7-5168-3587-6

定　　价：192.00 元（全 4 册）